Barbapapa

Barbamama

Barbidou

Barbibul

Barbalala

Les Livres du Dragon d'Or
60 rue Mazarine, 75006 Paris.
Copyright © 1974 Tison/Taylor, Copyright renewal © 2005 A.Tison, all rights reserved.
Loi n° 49-956 du 16 juillet 1949 sur les publications destinées à la jeunesse.
ISBN 978-2-87881-316-6. Dépôt légal : septembre 2005.
Imprimé en Italie par ERCOM.

20 19 18 17 16 15 14 13 12 11 10

BARBAPAPA

Les Œufs

Annette Tison & Talus Taylor

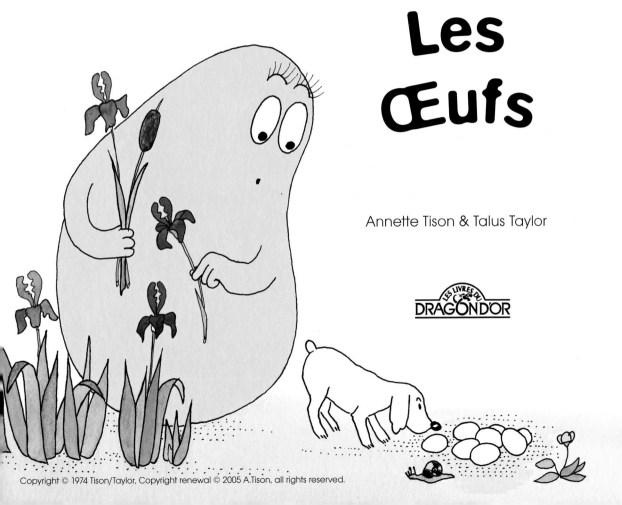

LES LIVRES DU
DRAGON D'OR

À qui sont ces œufs ? Sans doute
un oiseau les a perdus, pense Barbidou.

Mais quel oiseau ?
Ce n'est pas celui-ci...

Les œufs ne sont pas
non plus à
la spatule rose...

...ni au canard sauvage...

Il faut pourtant que quelqu'un couve ces œufs !

Barbidou décide de le faire lui-même.

Barbabelle lui apporte à manger.

La nuit, Barbidou rêve des jolis poussins qui vont bientôt naître...

Il couve patiemment... longtemps...

...très longtemps...

Enfin ! Barbidou entend de petits craquements...
Les œufs vont éclore !

Surprise! il n'y a pas que les oiseaux qui pondent des œufs...

Mais Barbidou aime aussi les tortues !

Il est très fier de sa petite famille adoptive.